兒厚 金興寬 詩人 제1시집

봄이 또 내게로 왔다

봄이 또 내게로 왔다

1판 1쇄 인쇄 | 2017. 11. 25.
지은이 | 김흥관
발행인 | 맹경화
발행처 | 푸른산
등록번호 | 제 301-2013-107호
주소 | 서울시 중구 을지로18길 25-2
TEL | 02-2275-3479
FAX | 02-2275-3480
E-mail | csmac69@hanmail.net

값 10,000원

ⓒ 김흥관, 2017
ISBN 979-11-951303-1-3 03810

兌厚 金興寬 詩人 제1시집

봄이 또
내게로 왔다

도서
출판 푸른산

시인의 말

내게 위안 같은 詩가 초라한 生의 잿빛구름에 휩싸여 우왕좌왕하다 낯선 시간의 뒤편에 주저앉을 무렵, 한 줄기 빛으로 찾아왔다.

시를 써보리라는 초발심初發心만으로 시의 인연의 고리에 꿰여 숱하게 혹사시킨 하얀 갈등의 순간들과의 징 울리지 않는 줄다리기를 계속하고, 눈뜨면 마주하는 일상과 지천에 널린 하늘과 대지 그리고 햇볕이 일렬로 바람을 풀어 숲과 나무와 꽃들이 유희하는 자연속에 녹아들고자 했다.

나의 젊은 날들이 혼돈과 번민이 교차하고 가중되는 세월의 무게가 커지는 만큼 오로지 지고지순地高至純한 묵객墨客의 반열班列에 오를 그날만을 꿈꾸며, 일상이 힘겨울 때마다 감로수甘露水가 되어준 시작업의 명줄을 이어온 이유이다.

묵은 시간들을 참회하듯 수채화처럼 투명하게 그리려고 애써왔고, 틈틈이 임산부가 산고産苦를 치르듯이 묵혀두었다가 발효된 초고들을 다시 덜어내는 수고를 반복해왔지만 시력부족으로 잘 갈무

리하지 못해 얼굴이 화끈거린다. 등단 한지 10년 만에 처음 독자들
을 만난다는 생각에 첫사랑처럼 부끄럽기도 하고 마음이 설렌다.

　부족한 생각의 편린들을 일깨워주시고 시류에 휩쓸리지 않도록
돈오頓悟의 시정신을 깨우쳐 주신 스승님이시자 한국시단의 거목
이신 청강聽江 오세영吳世榮 선생님께 먼저 깊은 감사를 드리며, 특
히 오 선생님에게 3년간 함께 매 맞으며 서로 등 토닥거려준 도반
들께도 62편으로 엮은 첫 시집의 지면을 빌어 고마움을 전한다.

　끝으로, 그동안 마음 보태던 가족들, 지아비 노릇도 제대로 못하
고 사랑도 듬뿍 주지 못해 마음 아린 샛별 같은 두 딸과, 평생을 자
식 잘되기만 기도하시다 2년 전에 우주여행을 떠나신 어머니의 영
전에 늦게나마 이 시를 고이 바친다.

2017. 11. 晩秋
兌厚 金興寬

목 차

제 1 부 봄이 또 내게로 왔다

제 2 부 눈 내리는 왕국

제 3 부 숲 속의 합창

제 4 부 나의 푸른 시간

제1부

봄 햇살로 깨우는 아침

봄봄봄

햇살 고운 날
새벽이슬 머금은 들판에
새파란 잎눈이 막 트고 있다

계곡 바위 틈새로
허연 속살을 드러낸 잔설이
땀을 흘리는 한 낮

버들치가 장난을 치고
개구리알들이 오종종 물가로 몰려나와
까만 눈동자를 굴리며 수다를 떤다

진눈깨비가 한차례 겁을 주지만
산이 먼저 매화를 피운다

하얀 목련

꽃봉오리들은
밤새 묵언기도를 올린다

비 개인 새벽
새들은
봄 햇살로 툭툭 아침을 깨운다

잎사귀가 길손들에게 하소연하면
그제서야 앙다물었던 입을 여는
눈부신 순백의 화관

옛날 북쪽바다의 신을 몰래 사랑하다 죽은,
물밀듯이 다시 일어서는 욕정

봄 비

들뜬 숲은
얼었던 체위를 슬쩍 바꾼다

나무와 풀꽃들의 실핏줄들이
은밀한 하룻밤을 껴안기 시작한다

배란기의 농염한 생각들이 발효되자
후끈하게 달아오르는 이불속

아카시아꽃

온통 하얀 설레임이다

꽃잎들은 이웃과 작별인사를 나누고선
아찔한 단애斷崖로 하나 둘씩 뛰어내린다

어느새 봄빛은 자리를 뜨고
숲은 푸르게, 푸르게 짙어간다

봄이 또 내게로 왔다

비온 뒤 아지랑이 자글거리는 강변 오후

하늬바람이 수평선 끄트머리에 걸려있는
무지개의 흔적을 지우고
밤새 불어난 강물 속에서 뛰놀던 은어들이
금사라기 같은 햇살을 마구 튕겨낸다

강둑잔디위에서 보물찾기 하던 새무리 쪽으로
소녀와 강아지가 다가오자
비둘기는 산산이 흩어지고
참새들은 일제히 창공으로 솟아오른다
서편 하늘을 봉숭아꽃물 들이던 노을이 놀란 듯
구름 몇 점 밖으로 밀쳐낸다

세월과 어깨동무하며 찾아온 희망 같은, 그
봄이 또 내게로 왔다

이제는 이 봄날을 노래하고 싶다

관현악

갈참나무 가지사이로
동이 트면, 숲은
수런수런 이웃들을 깨우기 시작한다

크고 작은 새들이 후루루
이 나무에서 저 가지로 날아오르며
저마다 고저장단에 맞춰 목청을 뽑는다
까까까깍 째째째에
찌이찌이찍 삐이삐이삐
………………………
새들의 노랫소리로
한바탕 흥겨운 아침을 맞는 숲

비와 오수

사라락 내리던 비가
가속페달 밟고 소낙비를 몰고 온다

밤나무와 상수리나무
폭포수 같은 뭇매질 견디다 못해
이파리들 하르르 내려놓고

담장 위의 호박꽃은
가녀린 목을 움츠린다

비개인 오후
풀빛 옷 갈아입은 나무들은
결 고운 햇살로 자장가 삼아 오수를 즐긴다

찔레꽃

해질 무렵 산책하다 마주친 찔레꽃
발그레 웃음 지으며 손을 흔든다

풀꽃 향 새떼처럼 지나가는 들길
사슴의 눈망울을 닮은
그 가냘픈 몸매

외로운 날이면
하늘, 구름, 바람들을 불러내어 논다

낮엔 햇빛 한 줄기 받아 마시고
밤엔 달빛 한 다발 품으면서

한여름 밤

하늘이 양탄자를 펼쳐놓았다

소행성들이 막 잠에서 깨어나
광부처럼 헬멧에 램프를 켜고
성좌로 모여든다

별들이 달에게 귓속말로 소곤거리며
밤새 영화 한 편을 찍는다

아래서 바라보는
연인들의 분홍빛 웃음소리가 새콤달콤하다

그것을 알았을까
그들의 가슴에 별 하나씩 안겨주는 한여름 밤

숲의 대관식

꽃밭은 여왕의 대관식으로 술렁인다

호랑나비가 지휘를 시작하면
먼저 매미가 축가를 부르고
풀벌레들이 합창을 한다
수국 꽃술 둘레를 지키는
흰 제복의 근위병들 사이로
벌들이 다가가 왕관을 씌운다
꽃들은 부러운 듯 잎들을 흔들어대고
풀들도 덩달아 손뼉치고 춤을 춘다

가을 1

감나무에 매달려
눈웃음을 흘리고
코스모스 꽃들이
긴 호흡을 토해내면
서울의 가을은 깊어간다.

가녀린 잎사귀들은
시집 속에 납작 엎드린
책갈피의 삶으로 남는다.

가을 2

산길을 오른다

길섶 코스모스
신음하는 소리에 산비둘기 화들짝 놀란다

감나무, 참나무, 아까시나무에 매달린 채
누렇게 실신한 이파리들

슬레이트 지붕아래 움 추린 개 한 마리
잔기침을 해대는

홍매화 피던 날

동안거 보내며 몸을 다 비웠다

면벽수행 석 달

몸은 헐거워졌어도
초롱초롱한 눈빛에
해맑은 미소를 띤 수좌들이
선원을 나서던 날

나목들
이른 봄 마실을 나가려고
얼굴을 붉은 연지로 단장했다

개 화

밤이슬에
꽃눈들이 발아를 시작한다

조개처럼 앙 다문 입을 연다

꽃술이 혀처럼 불쑥 뛰쳐나온다

님을 애타게 사랑하는 절규의 목소리 같은,

환희의 몸부림

합창

뜰에는 한창 비가 내리고 있다

봉숭아꽃, 붓꽃, 채송화 꽃들은
가녀린 몸뚱이를 빗물에 내맡긴 채
악기가 되어
일제히 아름다운 화음을 만들어낸다

빗소리 장단에 맞춰
집안에는 벽시계가 째깍거리는 소리,
낙숫물 소리가
한데 어우러져 어느새 교향악이 된다

지상의 가장 아름다운 하모니.

비와 흔들의자

대청마루 앞마당으로
춤추듯 비가 흩날린다

대추나무, 배나무, 석류나무
빗물로 한껏 배 불리며
수다 떠는 늦은 봄

처마 밑에 웅크린 개 한 마리
빗줄기 속으로 괜시리
고민 하나씩 웅얼웅얼 뱉어낸다

어머니가 끓인 녹차 마시며
흔들의자에 앉아 있노라면
창밖의 풍경들도 그네를 탄다

어느새 비처럼 흔들리는 내 마음

루 비

가슴에
오래도록 숨 쉬고 싶은
작은 별 하나

수천만 년 지하 암반 속에서
공기와 규소가 서로
뜨겁게 사랑하다 식어버린
심장

어느 궁전에선가 뽐냈을 그 자태

풍 경

강물과 바다가 만나는 곳에
철새는 간데없고
푸른 갈대숲만
차량행렬을 곁눈질 하며
저만치 뒤로 물러앉았다.

은빛 햇살을 뿌려놓은 강 하류에
사공은 없고 나룻배 몇 척만
구름으로 떠 있다.

아파트 즐비한 강변도로
감시카메라가 큰 눈 부릅뜨고
스스로 속도를 감당 못하는
자들을 노리고 있다.

삼각주 모래밭을 따라
얕은 물위를 걷는
숨 가쁜 세상으로부터 일탈한
조개잡이 중년여자

벗나무 아래서

한 생의 흔적들을 지우고 있었다

비바람에 어린 버찌 툭툭 떨어뜨리고
이파리들은 화상까지 입었다

밤이면 발밑에서 빨아올린 수액으로
진물 난 상처 다독이며
낮 동안 말간 햇살로 과육의 당도를 높이던
그 불볕더위를 기억한다

어느덧 파아란 낯빛으로 물들어가는 창공

콜라주

비 그친 보도블럭 위에

색색이 어우러져 누워있는

단풍잎과 은행잎들

둘이 하나 되어 교배하고 배설하는 자웅동체처럼
태생이 서로 닮은 듯 다른

정육점 진열장에 누운 꽃등심의 마아블링

은 행

산봉우리에서 불붙은 가을이 도시로 내려와
대로변을 노랗게 물들였다

신사동과 논현동 사이
자외선으로 찜질하던 은행잎들

열매들은 나뭇가지에 매달린 채
마노 빛 보석으로 남는다

제2부

눈 내리는 왕국

눈 내리는 왕국

별을 세지 않는 첨성대

미로를 탐험하듯
우리들은 천마총 안으로 들어섰다
천마는 사라지고
벽 속에는 빈 도장니* 하나 처연하게 걸려있다
금관과 장신구들은
환한 금빛 이를 드러내며 우리를 반긴다

미추왕*의 치세 같은 함박눈이
저문 왕국의 뜨락에 하얗게 쌓이고 있었다

* 天馬圖障泥 : 흰 자작나무껍질로 만든 장니(障泥, 말다래)로, 정수리에 뿔 달
  린 말이 입으로 불을 뿜으며 하늘을 나는 듯한 기상의 5~6세기 신라시대 천마
  도. 국보 제207호
* 味鄒王 : 신라 제13대 임금, 경주 김씨 최초의 황제

수묵화

눈송이가 별처럼 쏟아진다

하나님이 더럽혀진 세상을
흰 꽃들로 수놓는다

눈사람을 만드는
아이들의 투명한 웃음소리가
화폭에 가득 박힌다

눈발이 한 두 차례 농담濃淡으로 채색한다

눈꽃들이 웨딩마치 선율처럼 쌓인다

수묵화 한 점

폭 설

기와지붕들을 하얗게 분칠하고 있다

수북하게 쌓인 골목에는
눈 치우는 손길들이 분주하다

하늘은 기침소리도 없이
하소연들을 쏟아낸다

결빙되었던 시간은 얼굴에 닿자마자
눈물 같은 시가 되었다

담벼락으로 밀려나
볕 들 날만 기다리는 하얀 파지들

눈과 그리움

밤새 아파트 주차장에
하얀 솜이불을 깔아 놓았다

이른 아침 차 바퀴자국 선명한 길을 따라
주민들이 발 도장 찍으면서 간다

햇살 한 무더기
할머니 방으로 비집고 들어와
넙죽 문안인사를 한다
가슴 안은 따뜻한 빛들로 그득하다

하얀 그리움이 방바닥을 쓰다듬는 정오
FM라디오에서 흘러나온
한평생 서정을 은유하다 가신
미당선생의 노랫말이 애잔하다

뒷산 언덕에 뼈로 버티는 나목위로 내려앉은
눈을 털어내는 바람의 손이 시리다

가로등 1

졸린 눈 치켜뜨고
귀가 길을 지키는 경비원

하얀 색, 노란 색의
동그란 명찰 하나씩 달고
환한 미소로 발자국들을 맞이한다

초병처럼 일렬횡대로 인내하며 서 있다

전봇대

가로수의 신축빌라 안내문이 깃발처럼 펄럭이는 밤

전봇대 하나
지나가는 행인들을 졸린 눈으로 지켜보고 있다

과부하 걸린 전류는
화마를 안겨줄 뿐이다

그러므로 전깃줄은
땅 속에 묻혀야 한다

골목 안을 대낮처럼 환하게 다스리는
삶의 등불

영안실에서

리본을 단 조화들이

슬픈 얼굴로 먼저 조문객을 맞는다

푸른 몸 태우던 향이 하직인사를 한다

신사동

쇼 윈도우 안에 미인들이
금박 입힌 드레스처럼
도도하게 앉아있다
옹골찬 그 바느질 솜씨

커피숍 문밖에는
봄볕이 한가로이 내려앉았다

이 거리 사람들,
3호선 전동차속보다 강물처럼 여유롭다

외제차들 지붕위로
구름이 봄을 데리고 유랑 길에 오른다

염색하는 날

언제부턴가 동안이던 얼굴에
쟁기가 지나간 자국 같은 밭고랑이 생겼다

아내는 나더러 젊게 살아가라고
퇴색해버린 기백을 되찾아주려고
적선하듯 희끗희끗한 모발에 색을 입힌다

척, 척, 척
숙달된 손놀림으로 붓질하던 안식구가
빈정거리듯이 장가 한 번 더 가도 되겠다며
스무 해의 까만 시간을 그믐 때마다
디아민과 PPD를 발라서 되찾아준다

반백이 되어버린 젊은 날의 기억은
새들이 데리고 온 봄바람을 맞으며
새싹처럼 파릇파릇한 회춘을 꿈꾼다

눈은 야금야금 쥐 갉아먹듯 침침해져오지만
정情으로 도포해준 봄날

푸르스름한 까까머리 중학생시절로
되돌아가고 싶은.

스마트폰 1

기호나 부호로 소통하는 시대

언제부턴가
문자만을 주고받는 동안
사람과 사람사이에 말수가 줄었다

자고나면 또 말문을 막는 프로그램들이
메시지 오듯 수시로 업그레이드된다

전원이 꺼지면
불안한 현대인의 노리개

도시의 일상이
코뚜레 꿰인 소처럼
어디론가 끌려가고 있다

도시는 밤마다

밤이면
욕망으로 들끓는 거리

야광 빛들이 행인들에게
거머리처럼 달라붙는다

카페에서 소녀들이
피자처럼 수다를 씹고
알코올에 젖은 노랫소리가 뱀 허물처럼
찻길로 빠져나온다

일당을 받으려는 출근부 도장처럼
분주히 드나드는 택시들

도시는 밤마다
사채이자처럼 살이 찐다

대보름

보름달이 구름에 걸터앉아 있다

달집이 타들어가면서
타닥타닥 소리를 내자
불길이 용트림을 한다

축문은 불에 타서
연기처럼 승천한다

꽹과리소리 징소리들도 기다렸다는 듯
일제히 밤하늘로 튀어 올라
도솔궁(兜率宮)*의 문을 두드리고
꼬리에 소망을 단 촛불들이
홍학처럼 날아가서
은하수로 태어난다

사람들 가슴마다 한 송이씩 환하게 피는
부적 같은 노란 꽃

＊ 수미산 꼭대기에 미륵보살이 사는 육욕천의 넷째 하늘인
  도솔천(兜率天)에 있는 궁전.

47

공사장

대나무밭 죽순 자라듯
바벨탑이 쑥쑥 올라간다

크레인에서 실족한 인부를 실으러
앰뷸런스가 헐레벌떡 달려오자
작업복들은 마감을 서두른다

허공을 찌르는 철골너머
혼절하는 황혼

모 기

해가지면
고액체납자의 은닉재산을 몰수하듯
채혈해 갔다

여름밤 내내 신경전을 벌이다가
불면으로 지새우는
그 하룻밤 사이

하얀 각질 같은 생각들이
침대시트 위에 흩어져 있다

앞집 마당에선
고요를 물어뜯는 개 짖는 소리

약수터

수레바퀴소리를 먼저 보듬어주는
어린이대공원 산자락 옆 샘터

밭두렁으로 담쌓듯
여긴 내 땅, 저긴 네 밭
밭떼기 임자들 휴일이면
상치와 배추를 심으며
거름 주고 물을 대주는 주말교실

개나리꽃이 눈 흘김 하던 봄에도
매미가 자장가 부르던 여름에도
고추잠자리가 나래 말리던 가을에도
눈바람이 영혼을 닦아주던 겨울에도
내 나이 서른과 예순넷의 어머니와 함께
손수레를 끌면서 초읍동을 오가며
한 해 동안 보약 같은 샘물을 길어 날랐다

도봉산에 오르다 1

청명절 무작정 산으로 간다

인파속에 파묻히면
저절로 잎이 되고 꽃이 되고……

천황봉 보다 키 낮은 자운봉이
구름을 머리로 이고 앉았다

천축사의 낭낭한 예불소리
은근히 등 떠미는 하산 길
숲은 말없이 가부좌를 튼다

추석 선물

둥근달 둥개둥개 뜨는 초저녁
홀린 듯 마을버스로 오른 물만골

백팔 번 흘린 땀 양파 같은 업장
만 분지 일이나 벗겨냈을까
위안 같은 주지스님의 법문
가슴에 그득 적어 나오는 밤

산 위의 잿빛 솜이불 사이로 고개 내민
백치 같이 훤한 얼굴
고삐 풀려 모자란 일상
더도 말고 한가위만 닮아 라고
실 날 같은 소망 빌어보지만
어리석음 비웃듯 급히 숨어버린다

삐이이 빡! 불꽃이 허공에서 유체이탈하고
보리수 백팔염주 목에 두른 채

뉘우침만 분분한 집으로 왔다

산에서부터 줄곧 따라 온 아이
히죽히죽 동창을 넘본다

꽃게들이 꿈꾸는 건

누구를 위한 소신공양인가

알 밴 어미 게들
집게발도 내려놓고
게딱지도 해체되고
몸통마저 절반으로 가위질 당했다
바다를 머금었던 부릅뜬 두 눈마저 감긴 채
간장에 절이고 양념에 버무려져
게장과 꽃게탕으로 환골탈태한다

세 살 박이 꽃게들이 꿈꾸는 건

미식가들의 밥그릇을 금방 비워 줄
한 끼의 별미가 아니라
거품 같은 사연들을
술술 뱉어내는 일이다

꽃게는 타인의 즐거움을 위해
한 생애가 짓뭉개진 후에야 비로소
적멸寂滅에 든다

입 안 가득 찰랑대는 해조음으로 씹히고 싶은
고통속의 무아지경

산 책

사람들이 한강상류에서 원기를 보충하는 오후

하늘아래 자전거 페달을 밟고
걸어가면서 서로 대화를 주고받는다

조정경기장 포장길과 잔디밭 위로
젊은이와 노인들이 세상에서 묻혀온
번잡한 일상들을 툭툭 털어내고 있었다

한가로이 강물위로 누운 풀과 나무들을
두 팔로는 다 안을 수가 없는지
강둑 저편 서쪽 하늘에 걸린
초저녁달이 머쓱하게 웃는다

연인끼리 마주잡았던 손과 손
차가움에서 따스함으로 서서히 전이되고
세상의 소음을 품고 침묵하는 강물은
월동준비 하는 오리의 발놀림처럼 물밑에선 더 바쁘다

제3부

숲 속의 합창

목요일 새벽에 생긴 일
– 도둑 든 날

어느 목요일 한밤중에
아래층과 위층에 밤손님이 행차했다

윗방 아랫방을 마구 헤집으며
세면장에다 똥까지 싸 놓고
당신 절 보따리 없어지고
우 씨네 노부인 교회 가방 안 보인다고 법석 떠는, 신 새벽

두 노인네 좌불안석으로
마루로 삽짝으로 뛰쳐나가
장독대 앞에 널브러진 경책들
주섬주섬 찾아온다

돈 많고 떵떵거리는 집들에나 가지
내 집에 무어 집어 갈게 있다고,
가져갈게 그리 없거든 차라리
궁상맞은 내 집착이나 좀 가져가지–

노인들의 혀 차는 소리에
달아나버린 새벽 잠

손 없는 날,
두 번 다시는 맘고생 말자고
어설픈 망치질 하다
살 속에 피멍만 든 내 엄지손가락

그 해 여름이야기

1.
그 해 여름, 내내
집에서 먹고 자고 놀았다
왕골자리 등나무 의자에서

남들은 설악산으로 해운대로
휴가비에 연휴까지 얻어
물놀이다 피서다 잘들 가는데
어린 조카 아이
피서 가자고 피자 사다 먹자고
밉지 않은 아양을 떤다

가만가만 숨만 쉬어도
송글송글 땀 솟는 불볕 한낮
푸샤샤 목물 후에 먹는
수박 맛이 으뜸이다

큰 방 작은 방 선풍기가

미적지근한 목운동을 해대는 한낮,
연속극 재방송에 영화에
철없이 킬킬대고
헐거운 반바지에 맨살을 다 드러내고도
뒤척대는 열대야

쪽마루서 부엌으로
화들짝 냉장고문 몸살 나도록 열어 제쳐
약숫물로 꼴딱꼴딱 목 안 틔우고
좀체 오지 않는 잠 마중 꿈 마중 간다

2.
가끔, 아래층 목청 드센 노인네 부부
억센 부산사투리에
덜컥 꽈당 문 여닫는 소리
저런저런 부아가 치밀다가도
저 양반 원래 저런 갑다며
뜬금없이 핀잔 놓으시는 어머니

내 도 닦는 셈 치자 그러면,
훗날 돈 많이 벌거든
숲속같이 조용한 곳에다
우리들만의 둥지 틀며 살자고,
살자고 하신다

후두둑 소나기 뿌리는 날
詩로 밥 짓고
글 책으로 나물 버무려 먹으니
신선놀음이 안 부럽다

그 여름 내내
아침 점심 저녁
그렇게 먹고 자고 놀았다,
내 집이 계곡인양 바다인양
왕골자리 그 등나무 의자에서

카드와 비상금

땀 흘린 대가로 받은 돈
은행에 잠시 맡겨 두었다

카드를 덥석 물은 현금인출기에서
지폐를 척척 밀어낸다

집에 주고 남은 푼돈
산소 같은 삶의 윤활유가 된다

진눈깨비 뿌리는 화이트데이

진눈깨비 칼바람에 묻혀서
주춤주춤 오려는 봄을 바리케이트 치고
잠시 길 나선 몸 한구석
예고 없이 닭살 돋는
화이트데이 늦은 오후

- 지금 입속은 사탕을 녹이는 중 -

몰염치한 바람이 뼈 속 깊은 데로
휘파람을 불듯이
긴장한 육신을 더욱 차게 만든다

풍족함을 낭비하는 저들만의 세상 한 귀퉁이에서
지난겨울, 그토록 슬픈 영혼을 냉각시키고도
무슨 미련이 그리 남았는지
세상 밖의 현실은 여전히
눈 같잖은 것들을 데리고
막 움트려는 봄의 새싹을

혹사하고 있구나

- 수도 서울은, 애꿎은 날씨 탓으로 교통이 엉망진창 -

봄 옷 갈아입으려다 몸뚱어리만 독감 걸린 채
대로변 저만치서 매화나무의 어린 새순은
질척거리는 비속에서 울고,
휙휙 부는 바람 속에서 떨고 서있다

- 너희들 지금 떨고 있구나, 온실에서 살면 좋을 것을 -

윤회

어제와는 다른 세상으로 나왔다

대형서점의 책장처럼 서 있는 아파트단지 앞에서
시내버스를 타고 김밥 같은 전철역에 도착해
단말기 입에다 카드를 갖다 대면
환승입니다,

가족이라는 울타리를 지키기 위해 밥벌이 나선
샐러리맨들의 일과인양 팽이처럼
한 노선만 돌고 도는 저 외고집

매순간 무지로 폐수처럼 방류한 시간들을 정화하기 위해
인파속을 헤집으며
눈에 불을 켜고 범인을 뒤쫓는 형사처럼
황급히 계단을 오르내려야 한다

잊을만하면 우편함으로 꽂히는 독촉청구서처럼
또 다시 들리는 목소리
환승입니다!

지하철 2호선

충무로역에서

나팔소리가 역사로 밀고 들어온
바람소리를 먼저 반긴다

무채색의 옷들이
번호표를 뽑듯 이열종대로 줄선 승강장

열차 문이 열리자마자
은어처럼 역류하듯 여학생 하나가
인파를 헤집고 들어가고
승객들이 빈자리를 채우면
어느새 좌석들은 표정이 바뀐다

아이 어른 할 것 없이
저마다의 희망을 실은 긴 차량행렬이
세월처럼 스쳐 지나간다

시간이 깊어갈수록 척추마디 같은 계단을 밟고 오르내리는
환승의 발길들이 물결처럼 출렁인다

교정에서 2

음대 앞 숲에 막 도착한 바람이
잡풀들을 꼬드겨 그네를 태운다

호랑나비가 지휘를 시작하면
여름 숲은 덩달아 손뼉치고 춤을 춘다

면사포를 쓴 산수국은
꽃술 둘레로 뻗은 무성화의 꽃받침들이
마치 여왕을 모시듯 온종일 자리를 지킨다

나무벤치는 땡볕에 살갗이 타들어가고
넝쿨식물이 아까시나무 줄기를 휘감고서
불길처럼 줄줄이 승천 길에 오른다

파도타기를 하던 풀잎들은 휘파람소리를 내며
불현 듯 지나가는 여름나그네를 반겨준다

합창 2

칠월의 끝자락, 장마가 물러나자
안개 낀 이른 아침공원은 공연준비로 분주하다

2층집 뮤지컬배우가 에에에 부르르르르, 밍밍밍밍,
아침마다 내뱉는 발성연습처럼
매미가 오래 참았던 속 울림을 토해내듯
맴맴맴맴맴 매애 선창을 시작하자
일치감치 객석에 자리 잡은
풀꽃들과 아까시나무와 참나무 이파리들은
신나게 손뼉을 친다
쓰르라미가 쓰르르르르 쯔르르 후렴구를 넣고
까치는 깍깍 깍깍 화음을 넣는다
직박구리는 삑삑 삐익삑 피리를 불고
참새가 짹짹짹 짹짹 심벌즈를 치고
까마귀는 까아악 까악 큰 북을 치고
비둘기 한 무리들이 구우 구우 하면서
폭죽처럼 일제히 창공으로 날아오르면

숲속의 합창은 절정을 맞는다

어느새 낙원은
날벌레와 새들이 빚어낸
삶의 비타민 같은 아침나절의 첫 합창연주회는
환희의 물결로 출렁이고

어두웠던 공원하늘은 노랫소리에 맞춰
하얗게, 하얗게 문이 열리고 있었다

들국화

구름이 들녘으로 가족을 데리고 나와
활짝 웃는 들꽃들의 대화를 듣는다

꽃잎에다 코를 처박은 잠자리
샛노란 향기에 취한 채
긴 상념에 빠졌다

드레스보다는 원피스를 즐겨 입는 내 누이처럼
투명한 햇살로 일광욕한다

이웃 풀꽃들에게 달빛 같은 눈웃음소리로
입맞춤하듯이 먼저 기쁨을 주고

가끔 우연히도 도시의 화단에서도 만나지만
맵시도 다르고 냄새도 다른 시골처녀를 닮았다

들꽃을 피우기 전에는 꽃이 아닌
풀의 이름으로 고독하게 자라다가

태양과 바람과 부딪치며 숙녀처럼
꽃들만의 방식으로 구애를 하고

그저 내 꿈속의 가슴에다 뿌리내린 채
달큼한 입술로 나를 애무해주는
노을 같은 황홀경

자스민 꽃

1
이다지도 예쁜 줄은
여태 왜 몰랐을까
하늘아래 옥상에서 만난
초록 잎사귀마다 다소곳한 자태가
소녀를 닮았다

보랏빛 몸뚱이에 반하고
영혼의 영롱함에 눈멀어서
봄이 지는지도 몰랐다
자색 치마에 흰 저고리 곱게 입고서
나뭇가지로 소풍 나온
너의 옷자락을 꼭 붙잡고 싶다

2
이다지도 고운 줄은
그땐 왜 몰랐을까

앞마당 화분에서 만난
연보라 빛 꽃잎마다 앙증맞은 맵시가
규수를 닮았다

연분홍빛 미소에 취하고
자태의 고결함에 저당 잡히어
여름이 오는지도 몰랐다
하얀 버선에 보랏빛 꽃신 신고서
마당 위를 꽃잎으로 수놓은
너의 손길을 가만가만 어루만지고 싶다

입맞춤

밤 마실 나온 들꽃이
별을 세다가 들녘에서 깜박 잠이 들었다

이슬방울로 아침을 깨우고는
알록달록하게 치장하느라 분주하다

들판에서 금빛 햇살로 일광욕하던 꿀벌들이
암술과 수술 속에서 술래잡기를 하며
꽃잎들에게 긴 입맞춤으로 구애를 한다

바람결 따라 춤추는 갈대처럼
꽃무지 위로 너울너울 파도를 타는 노랑나비
흔들릴 때마다 분홍빛 연민 하나씩 내려놓으면
온통 연초록 봄빛으로 물드는 세상

설 산

주목나무가 눈밭을 헤매다가
길을 잃었다

산신각 뒷산에서 낮잠 자던
까마귀 한 마리
점심공양을 놓쳤는지
깍깍대는 독경소리에
선잠 자다 깬 나뭇가지가
마른 관절을 꺾어 눈을 털어낸다

골짝바람이 나목들을
시린 고행 길로 끌고 간다

백악기의 돌산은
하얀 잠속에서 푸른 초원을 키운다

천년 고도

고도古都에는
눈이 내렸다

천년 지나 다시 천년을
메아리처럼 휘돌아온 왕국

휘황한 장신구를 둘렀던 주인들은 간데없고
금빛 전설만이 영접 받는
대능원은 섬처럼 떠 있다

미처 식솔들을 따라가지 못한 고목들이
후세의 호위를 받으며
주군의 영광을 지키고 서있다

옛 수도엔 지엄한
어명만이 바람처럼 떠돈다

제4부

나의 푸른 시간

밤바다
- 취기

설레임으로 달려 온 바닷가
하늘에는 보석들이 알알이 박혔다

거품가득 머금은 포물선
수백수천의 허연 지느러미를 달고
노도와 같이 우루루 몰려와
모래펄 오지랖에다
푸른 원양의 하얀 소식들을 쏟아놓았다

도시의 번화가를 복제한 해변 카페 안
창가 발밑에선 때맞춰
생사윤회의 페이지가 넘겨지고
예정된 시간은 우주 속으로 유영을 한다

독한 럼으로 간 맞춘 바카디 위스키 한 잔
해일이 순식간에 빈 공간 속으로 밀려와
회오리처럼 불붙고

세상 밖의 모든 불신들이 몸부림치며
차디찬 나락으로 서서히 추락한다

어제와 오늘이 범한,
비틀거리는 어지럼증만 가득한
혼돈의 시간을 정리하며
내일 아침 다시 떠오르는 해로
새로운 나의 푸른 시간으로 가득 채우리라,

선생님이 그리워

은빛 은어 떼 파닥이는 맑은 강가
물비린내 나는 유년의 기억이
잠깨어오는 내 고향

백합꽃 같이 청아하고
여래如來 같이 보드라운 미소 지으며
철부지들 착한 사람 되라고
누이처럼 자상한 말벗도 되어주시던, 때론
어머니같이 인자하신 분

도시락을 못 사온 아이들에게
우유와 강냉이떡으로 넉넉한 온정 베풀며
부스럼 난 까까머리에 고약 붙여 주시던

그 모습
드라마에서나 볼 수 있을까,
절집에서나 볼 수 있을까,
어디가면 볼 수 있을까

어디선가 보물창고열쇠 같은 기억을 흘려버렸는지
이름 석 자는커녕 선녀 같은 얼굴만 가물거리고

그때
그 아이 키만 훌쩍 자라서
소나무처럼 세상의 듬직한 기둥도 못된 채
나이테처럼 하릴없이 자꾸 주름만 하나둘 늘고

오직 생각만 멀쩡한 채 몰래 사모한 죄
그 사랑의 회초리로 벌 받고 싶다

밥 힘

때 절은 솜이불 같은 빈곤을 덮고 살던 소싯적

어머니 정성으로 지은
옥수수에 조를 넣은 밥이 질리면
입 안 가득 겉도는 보리밥에
고추장을 버무려 주린 배를 채웠다
가끔 영양부실로 하늘이 노랬지만
수수밥으로도 피와 살이 되었다.

추수 후 맛보는 기름진 햅쌀밥에다
두부와 김칫국을 곁들여 먹으면
동공에 말간 힘 솟던
가을날의 저녁햇살같이 푸근한 어머니의
그 손맛,
자식사랑의 징표였다.

한 해 서 너 번은 찰 지게 살라고
찹쌀밥으로 기운 북돋우고

우리 집 앞의 우시장을 한 바퀴 돌면서
누렁 소 되새김질하듯 간식삼아 씹던
찐쌀의 감칠맛,
유년의 즐거움이었다.

지옥같이 지난한 여름과 겨울에도
후식으로 나온 쌀뜨물 숭늉 한 사발을
쭈욱! 비워내면
금방 얼굴에 화색이 돌아
여느 부잣집자식이 부럽지 않던
그 포만감의 한 때

바늘로 꿰맨 현기증 나는 어릴 적 기억을
소처럼 느릿느릿 이끌고
그 밥 힘으로 예까지 왔다.

어머니
– 고구마

1

우윳빛 햇살이 방안 가득 퍼질러 앉았다.

어머니가 삶은 고구마를 쟁반에 담아
조카 방으로 밀어 넣고
내 방에도 내려놓으신다.

잎줄기와 단절된 탯줄의 흔적을 끊어내고
허물 벗겨내면 금새 침이 고이지만
문득 유년 시절의 주린 젖배 생각에
가슴속은 상처마냥 쓰려온다.

2

흰 구름 같은 평온이 마당에 깔린 가을날 오후

에프엠라디오에 한쪽 귀를 던져주고
찐 고구마를 한 입 베어 물면

입안에 퍼지는 단맛에
아린 기억을 망각한 혀는 그저 즐겁다.

어릴 적부터 입맛이 든
고구마를 볼 적마다
불혹을 앞둔 나이에도 배 곯지 마라시며
삶을 배려하던 모성애는
뚝배기 같은 고향의 마음이다.

머리로 기억하기보다는 가슴으로 느끼는
모란 혹은 동백꽃 같이 알싸한 향기는
정녕 가없는 어머니의 사랑인 것을.

우주여행

어제 오전에 어머니가 우주여행을 떠나셨다

돌아오는 차표는 치매로 깜빡하셨는지 끊지 않으시고
비둘기처럼 후루룩 날아가셨다.

당신은 반평생이 넘도록 청상과부로 사시다가
영원하지 못한 영원장의사가
회색빛 구순 얼굴의 볼과 입술을 붉게 칠하고서
발에서 목까지 노란 안전벨트로 동여매고
타임머신 같은 우주행 화덕을 타고 떠나셨다.

길고도 짧은 두 시간
용광로 같은 불꽃을 내뿜으며
저 먼 은하수를 지나 수미산을 향해 장도에 올랐다
가시는 동안 얼마나 뜨거웠을까, 지켜보는 내내
목울대까지 차오른 슬픔이 터져 두 뺨을 타고 흘렀다

이틀 동안 비구니 스님의

금강경과 묘법연화경 독송에
국화로 둘러싼 액자 속의 눈빛이 편안하다

처음 가보는 우주여행길이 마냥 좋으신
나의 어머니

뮤지컬 갈라쇼
– 이룰 수 없는 꿈, 그리고 비와 당신

한 해를 보내는 마지막 휴일 저녁
텔레비전을 켜자 열린음악회에서 흘러나온
뮤지컬 맨오브라만차*와 라디오스타* 주제곡에
청중들은 열광했고
우린 가슴 속으로 울먹였다.

3년 전에 마음을 빼앗겼던 그 공연
귀에 익은 반가움과 백자처럼 잘 빚은 음성에 긴 여운이 남는다.

방송이 끝났는데도 안식구는
뮤지컬배우가 부른 가사와 멜로디에 홀린 채
수시로 휴대전화기로 찍은 동영상을 무한 반복시키며
극성팬처럼 자신의 시간이 실종된 줄도 모르고
중독의 늪에서 허우적댄다.

좋은 날보다 힘든 날이 더 많았던 두 사람
마음의 상처와 눈물로 남겨진 시간들을,

이룰 수 없는 꿈*과 비와 당신* 같은 선율로 위로받느라
또 다시 시작버튼을 누른다.

나도 덤으로 뜨끈뜨끈한 전기밥통처럼
묵은 원망과 후회의 멍울들을 엿가락처럼 찐득하게
녹이고 다시 또 녹여냈다.

수 만 번 뉘우치며 멜로디로 용서받은

* 뮤지컬배우 서범석이 부른 '맨오브라만차'의 '이룰수 없는 꿈',
  '라디오스타'의 '비와 당신'– 뮤지컬 넘버

촛 불

액체도 아니고, 광물도 아니고
더군다나 장작개비도 아닌
붉은 열정의 자손으로 태어나더니

처음엔 누렇게 타오르다가
최후엔 벌겋게 타버리는 욕망의 분신

더 이상 태울게 없으면
제 흰 속살마저 용광로에 던지고 만다

때가되면,
억겁의 블랙홀에서 부서져 나온 빛의 전사가 되어
한번 시작하면 끝장을 보고야마는 환희에 푹 젖어서
벌거벗고 마는 속살의 핏줄인가

가족처럼 함께 있으면,
수백도가 넘는 뜨거운 입김으로 영혼도 녹여버리고

어떤 광란의 고통도 사악한 악귀도 무서울 것 없이
어둠의 씨앗마저 쫓아버리고
주위를 밝혀주는 은총의 마술사인가

여름이든 겨울이든 무시로 불붙어도 좋겠다,
모두가 밥이고 옷이고 집이 되는,
소원을 들어주는 희망의 필라멘트

퇴직금

젊은 시절 배우보다 잘생긴 아버지처럼 허우대가 멀쩡한
막내 동생이 등신 같은 짓을 저질렀다.

지난해 친척을 도와준다며
인감도장을 찍어준 것이 그만 화근이 되었다.
골키퍼가 자살골을 먹듯
한 해 두 해 어렵사리 부풀려오던 퇴직금을
자기 손으로 한 번 만져보지도 못한 채
모조리 차압당하고야 말았다.

막내 동생은 개근상을 타려는 모범학생처럼
방산 업체 생산직 노동자 명찰을 단 점퍼를 입고서
십년을 하루같이 꼭두새벽에 나가
한밤중에야 돌아와 방바닥에 엎어지기가 부지기수
낮엔 동네북인양 은행으로 경찰서로
불려갔다 돌아와서는 허탈감에 취해 자는, 모습은
영락없는 관세음보살이다.

어머니처럼 착하고 주변머리 없는 동생을 위해
단 한 번도 따스한 손길로 보듬어주지도 못하고
그저 가슴만 쓸어내리던 고개 숙인 현실 앞에
내 동생의 십년세월은 감쪽같이 증발해버렸고
방관자 같은 나의 마음 반쪽을 졸지에 도난당해버렸다.

비우기

1
답답해진 속을 비우려고
산에 올랐다

산중턱에 가부좌 튼 대웅전에 들어가
백팔 번 무릎 꿇고
접었던 허리 곧추세울 때마다
모래 한 알만큼 업장業障을 지운다

이승에서 불태운 시간과
바람으로 다가올 무명의 일상에서 벗어나
때 묻은 육신을 투명하게 닦아서
겨울 나목처럼 사는 일이다

풍경風磬은 몸을 흔들어대며 경전을 읽고
금새 문수文殊보살의 가피加被라도 받은 양
불쑥 돋는 지혜
다시 세존世尊의 미소
실눈 뜨고 흉내 내어 보지만

어느새 저 아래 두고 온 욕망이
슬그머니 고개를 처 든다

2
나를 덜어내는 일은,
망상의 무게를 가볍게 하는 것이고
나를 내려놓는 일은,
가식의 옷을 벗어버리는 것이고
나를 버리는 일은,
정신의 때를 닦아내는 것이다

매순간마다 제 몸 씻으며 사는 계곡처럼
욕심에 초연해서 나를 비우고
시련을 견뎌낸 자만이 얻을 수 있는
부서져서 더 자유로운 저 적멸寂滅,
눈부시게 새하얗다.

산길을 타고 뒤따라오는
미처 떨쳐내지 못한 그림자 하나

추 억

국계다리 밑

아이들의 머리카락을
바람은 간지럼을 태운다

형은
된장을 풀어 넣은 어항을 모래펄에 처박고
물고기를 유인한다
우리는
은어들과 숨바꼭질하면서
하루 종일 물비린내를 맡으며 놀았다

웃음소리, 물소리, 풀잎소리
수면 위에 어리는 그림자들은
유년의 탁본으로 남았다

기억 저편에서 차르르 돌아가는
모노톤의 흑백영상들

사무사思無邪와 돈오頓悟의 길을 찾는 수행

나호열

(시인·경희대 사회교육원 교수)

1.

'시는 무엇인가? 시는 무엇을 할 수 있으며 시인은 누구인가?'하
는 질문은 옛날부터 줄곧 우리를 괴롭혀온 숙제였다. 플라톤은 시
인을 이데아 Idea를 모방하는 자로 깎아내렸으며 아리스토텔레
스는 『시학』을 통해 사물과 마음의 모방을 인간이 지닌 고유한 표
현 양식으로 옹호했다. 그런가하면 공자孔子는 삼천 편의 시를 삼
백 여 수로 산정刪定하면서 '시경에 담긴 시 삼백 편은 순정한 마음
의 표현:『詩』三百, 一言以蔽之, 曰 思無邪."(論語 爲政篇)'라고 했
다. 생각에 사악함이 없다는 것이 무엇일까? 시중에 떠돌던 장삼이
사들의 노래는 흔하디흔한 사랑과 이별, 기쁨과 슬픔을 읊조린 듯
하나 그 속에는 삶의 절실함이 배어 있어 시를 읽는 이로 하여금 마
음의 정화를 이루게 한다는 것이다. 그러하기에 후대의 주희朱熹
는 슬퍼하되 심히 아프지 않고 즐거워하되 음란함에 치우치지 않

는 것이(哀而不傷, 樂而不淫) 시이며, 사무사思無邪의 경지임을 설파했던 것이다. 이로 미루어 보건대, 시는 즉물적卽物的 심상의 표현이 우선이며, 이를 바탕으로 하여 비유의 가식加飾이 이루어지는 것임을 알 수 있는 것이다. 위와 같은 여러 생각은 김홍관 시인의 첫 시집『봄이 또 내게로 왔다』를 감상하게 되면 누구나에게 저절로 스며들게 되는 즐거움으로 다가올 것임을 느끼게 될 것이다.

2.
김홍관 시인은 지천명에 시인의 이름을 얻고, 이순에 이르러 이번에 첫 시집『봄이 또 내게로 왔다』를 상재하게 되었다. '묵은 시간들을 참회하듯 수채화처럼 투명하게 그리려고 애써왔고, 틈틈이 임산부가 산고를 치르듯이 묵혀두었다가 발효된 초고들을 다시 덜어내는 수고를 반복해 왔'(「시인의 말」 부분)다는 술회에서 시에 대한 시인의 믿음직한 진정성을 만날 수 있거니와 그의 시 작업이 지고지순 至高至純의 경지에 다다르고자 하는 염원에서 발원하는 것임을 놓쳐서는 안될 것이다. 초고草稿를 수없이 덜어내고 고치는 작업은 단지 좋은 글을 만들고자 하는 욕구마저 버리고, 그 욕구의 껍질을 벗겨내어 순정한 마음의 근저에 닿고자 하는 수행이기에 김홍관 시인의 그러한 수행이야말로 시보다 더욱 값진 공덕일지도 모르겠다. 우선 시인의 등단작인『목요일 새벽에 생긴 일』,『그 해 여름 이야기』,『진눈깨비 뿌리는 화이트데이』를 살펴보기로 하자.

①
어느 목요일 한밤중에
아래층과 윗층에 밤손님이 행차했다

손 없는 날,
두 번 다시는 맘고생 말자고
어설픈 망치질 하다
살 속에 피멍만 든 내 엄지 손가락

②
그 해 여름, 내내
집에서 먹고 자고 놀았다

후두둑 소나기 뿌리는 날
시로 밥 짓고
글 책으로 나물 버무려 먹으니
신선놀음이 안 부럽다

그 여름 내내
아침 점심 저녁
그렇게 먹고 자고 놀았다,
내 집이 계곡인양 바다인양

왕골자리 그 등나무 의자에서

③
진눈깨비 칼바람에 묻혀서
주춤주춤 오려는 봄을 바리케이트 치고
잠시 길 나선 몸 한구석
예고없이 닭살돋는
화이트데이 늦은 오후

풍족함을 낭비하는 저들만의 세상 한 귀퉁이에서
지난 겨울, 그토록 슬픈 영혼을 냉각시키고도
무슨 미련이 그리 남았는지
세상 밖의 현실은 여전히
눈 같잖은 것들을 데리고
막 움트려는 봄의 새싹을
혹사하고 있구나

　①은『목요일 새벽에 생긴 일』, ②『그 해 여름 이야기』, ③『진눈
깨비 뿌리는 화이트데이』에서 임의로 뽑아본 구절들이다. 『목요일
새벽에 생긴 일』은 공동주택에 도둑이 들었는데 ' 무어 집어 갈게
있다고 / 가져갈 게 없거든 차라리 / 궁상맞은 내 집착이나 가져가'

라는 이웃집 푸념을 들으며 속절없이 집단속을 하는 풍경을 그리고 있고,『그 해 여름 이야기』는 폭염 속에 하릴 없이 무위도식(?)하는 "飯疏食飲水, 曲肱而枕之, 樂亦在其中矣. 不義而富且貴, 於我如浮雲."(논어, 술이편) 즐거움을,『진눈깨비 뿌리는 화이트데이』는 춘래불사춘 春來不似春의 암울한 봄날, 의미도 없는 사랑을 고백한다는 외래의 화이트데이의 의미 없음을 풍자하는 시이다. 추측하건대 김흥관 시인에게 있어서 시의 발흥은 현실에서 감각되는 삶의 핍진함을 극복하려는데서 출발하였음을 간략하게나마 세 편의 등단작을 통해서 확인할 수 있다.

3.
그러나 위와 같은 삶의 여러 국면을 술회하는 것으로 일관하는 것이『봄이 또 내게로 왔다』의 면목面目이 아님을 우리는 쉽게 감지할 수 있다. 즉, '때 절은 솜이불 같은 빈곤을 덮고 살던 소싯적'(「밥힘」, 첫 연)의 그 간난艱難이 절망이 아니라 오늘까지의 삶을 끌고 왔다는 '힘'이었다는 깨달음, 죽음을 '처음 가보는 우주여행길이 마냥 좋으신/ 나의 어머니'(「우주여행」마지막 연)에서처럼 광대한 우주로의 여행으로 되돌릴 수 있는 긍정이야말로 김흥관 시의 성취라고 감히 말할 수 있는 것이다. 그러한 성취의 과정에는 자연에 대한 치밀한 관찰을 통한 생명의 섭리를 깨닫고자하는 수행이 없으면 불가능한 일이다.

기호나 부호로 소통하는 시대

언제부터인가
문자만을 주고 받는 동안
사람과 사람 사이에 말수가 줄었다

자고나면 또 말문을 막을 프로그램들이
메시지 오듯 수시로 업그레이드된다

전원이 꺼지면
불안한 현대인의 노리개

도시의 일상이
코뚜레 꿰인 소처첨
어디론가 끌려가고 있다

- 「스마트폰 1」 전문

현대인들에게 있어서의 기계문명은 또 다른 소외를 불러일으키고 있다. 편리함에 익숙해진 나머지 부지불식간에 기계에 종속되는 현상을 「스마트폰 1」은 여실히 드러내 보여주고 있다. 속도와 안락함을 위하여 만들어진 자동차가 인명을 살상하고 부의 상징으로

부메랑으로 되돌아오는 괴물인 것을 시인은 놓치지 않고 있는 것이다. 삶의 언저리에 들러붙은 소외와 불신에 대한 비판은 자연스럽게 인공人工의 대척점에 놓인 자연에 대한 관심을 고조시키는 방향성을 갖게 한다. 『봄이 또 내게로 왔다』의 많은 시편들은 계절과 계절의 변화에 파생되는 자연에 관심을 두고 있다. 그러나 김흥관 시인에게 있어서 자연은 단순한 완상玩賞의 대상이 아니라는 점에 유의할 필요가 있다. 자연에 대한 탐미耽美를 넘어서서 자연의 현상 너머의 본질에 다가서려는 사유를 보여준다는 점에서 「봄비」, 「개화」, 「수묵화」, 등등의 시편들은 주목할 만하다.

　　들뜬 숲은
　　얼었던 체위를 슬쩍 바꾼다

　　나무와 풀꽃들의 실핏줄들이
　　은밀한 하룻밤을 껴안기 시작한다

　　배란기의 농염한 생각들이 발효되자
　　후끈하게 달아오르는 이불속

　　　　　　　　　　　　　　　　　　－「봄비」 전문

만물이 소생하는 봄은 비를 통하여 번식의 기운을 북돋는다. 모든 생명은 짐멜Simmmel이 말한 바, 좀 더 생명을 연장하고 후대를 이어가려는 생명연장의 본능 More Life을 가지고 있다. 그러나 치열한 그들의 경쟁은 인간의 눈에는 보이지 않는 평화로움의 적막 속에서 이루어지고 있다. 그리하여 「봄비」가 보여주는 에로티시즘은 음란하지 않고 오히려 경건하기조차 하다. 식물학적 관점에서 꽃은 수컷이라고 한다. 많은 시인들이 아름다운 향기와 자태를 노래하는 꽃들을 여성성으로 인식하는 것이 과학적으로 볼 때는 전혀 타당하지 않다는 것이다. 김흥관 시인은 어떠할까?

밤이슬에
꽃눈들이 발아를 시작한다

조개처럼 앙다문 입을 연다

꽃술이 혀처럼 불쑥 뛰쳐나온다

님을 애타게 사랑하는 절규의 목소리 같은

환희의 몸부림

― 「개화」 전문

꽃이 피는 행위는 번식의 과정이다. 음양陰陽의 합일은 모든 생물

의 본능이다. 인간에게는 은밀해야하고 결코 보여서는 안되는 성애
性愛가 「개화」에서는 장엄하고 아름다운 절규와 환희의 몸부림으로
묘사되고 있음은 시인이 꿰뚫고 있는 자연의 본질이 궁극적으로 사
무사思無邪의 경지로 다가서는 길임을 인식하고 있음을 함의含意하
는 것이다.

　4.

　이와 같이 사회의 여러 현상들이 품고 있는 폐해와 삶의 질곡으
로부터 벗어나는 방도로 시 자체를 화두로 삼은 사람이 김흥관 시
인이다. 그가 다루고 있는 시적 대상들은 오로지 '세월과 어깨동무
하며 찾아온 희망 같은, 그/ 봄이 또 내게로 왔다 // 이제는 이 봄날
을 노래하고 싶다'(「봄이 또 내게로 왔다」 마지막 부분)는 사유의 나
무의 가지나 잎에 해당된다고 볼 수 있다. 붓다가 설파한 열반이나
돈오頓悟가 사유의 열매, 즉 공空이라 할 때 시인에게 있어서 시업
詩業은 시공간을 넘어선 봄(보다/ 뛰어오르다)의 세계를 향한 도정
이라고 볼 수 있는 것이다. 아무 것도 행하지 않는데 돈오가 저절
로 찾아올 리는 만무하다. 시인의 십 년에 걸친 시업의 한 마디가
시집『봄이 또 내게로 왔다』로 완결되었음은 틀림이 없다. 그러나
김흥관 시인의 성정을 미루어볼 때 아마도 시인은 다시 시의 발심
을 일으켜 그 돈오의 그윽한 경지에 도달하기 위해서 점수漸修의 고

행, 시 쓰기를 멈추지 않을 것이라고 생각한다.

　김흥관 시인의 첫 시집『봄이 또 내게로 왔다』의 상재를 축하드리며 말은 다함이 있어도 뜻은 다함이 없음(언유진이의무궁言有盡而意無窮!)을 함께 나눌 수 있기를 기원한다.

봄이 또
내게로 왔다